THE EGG TREE

イースターの たまごの木

キャサリン・ミルハウス 作・絵　福本友美子 訳

【THE EGG TREE】
by Katherine Milhous
First published by Atheneum Books for Young Readers
An imprint of Simon & Schuster Children's Publishing Division,
1230 Avenue of the Americas New York, NY 10020.

Japanese translation rights arranged with Simon & Schuster Children's Publishing Division,
through Japan UNI Agency, Inc., Tokyo.

「イースター」というのは、キリスト教《きょう》で、
春《はる》をいわうおまつりのことです。
イースターの日《ひ》には、
イースターうさぎが、にわにやってきて、
たまごをかくしていく、といわれています。
子《こ》どもたちは、そのたまごをさがしたり、
たまごに、きれいな絵《え》をかいてかざったりして、
たのしくすごします。

イースターの日《ひ》の、明《あ》けがたのことでした。

小《ちい》さな赤《あか》い家《いえ》では、子《こ》どもたちがぐっすりねむっています。大《おお》きな赤《あか》い納屋《なや》では、どうぶつたちも、まだしずかにしています。

でも、おんどりだけは、ちがいました。おんどりは、とつぜん、つのぶえでもふくように、むねをはって、大《おお》きなこえで、ときをつげたのです。

「コケコッコー！　朝《あさ》がきた！」

ちょうどそのとき、〈赤《あか》が峰《みね》〉とよばれる山《やま》のむこうから、おひさまが、かおを出《だ》しました。

おんどりは、もういっぺんなき、どうぶつたちは、いっせいに目《め》をさましました。

三《さん》どめのなきごえで、赤《あか》い家《いえ》でねむっていたケイティが目《め》をさまし、にいさんのカールをおこしました。

「カール、おきて！

うさぎが、イースターのたまごをもってくるところが、みられるかもしれないよ」

ケイティとカールは、つまさきだちで、まどのところまでいくと、雨戸《あまど》を大《おお》きくあけました。


ああ、外《そと》はいいにおい！

おにわも、なんてきれいなんでしょう。

「うさぎは、まだきてないね！」

と、ケイティがいいました。

「ほら、しばふの上《うえ》に、花《はな》びらがまだあるもの。イースターうさぎにたべてもらおうとおもって、まいておいたのに、一《いち》まいも、たべてないわ」

カールはわらいました。

「イースターうさぎが花《はな》びらをたべるなんて、うそにきまってるよ。うさぎにきてほしいなら、口《くち》ぶえをふけばいいんだよ、こんなふうに……」

カールは、ピーッと口《くち》ぶえをふきました。

「しーっ」

と、ケイティがいいました。

「たまごさがしのじかんになるまで、いとこたちをおこしちゃだめって、おばあちゃんが、いってたじゃない」

「そんなこといったって、うさぎがたまごをかくしてくれなきゃ、たまごさがしなんか、できないだろ」

カールはそういうと、こんどは、口《くち》ぶえをもうすこしつよく、ふきました。

となりのへやでねている、いとこたちが、口《くち》ぶえをきいて、おきてくれればいいのに、とおもったのです。そうすれば、うさぎがたまごをもってくるところを、いっしょにみられるからです。

ケイティとカールは、まどから、かおをつきだしました。

朝《あさ》は、いろいろな音《おと》がきこえます。とりがチュンチュンさえずり、めうしはモーモー、うまはヒヒーン、ぶたはブウブウ、がちょうはガーガー、めんどりはコッコッコッと、ないています。丘《おか》のむこうの村《むら》から、教会《きょうかい》のかねの音《ね》もきこえてきます。

それでもまだ、イースターうさぎはあらわれません。いちど、ライラックの大《おお》きなしげみが、かさこそ、ゆれましたが、ねこが一《いっ》ぴき、とおっただけでした。

「ねえ、カール、やっぱりもういっぺん、口《くち》ぶえふいてみて」

と、ケイティがたのみました。

カールは、こんどは力《ちから》いっぱいふきました。

その口《くち》を、とつぜん、ケイティがおさえました。

「しっ、うさぎがきた！　おにわにいる！　花《はな》びらをかじってるわ」

ふたりは、いきをのんで、みつめました。

ほんとうに、うさぎが花《か》だんのまわりをとびはねたり、しげみにもぐったりしています！

けれども、うさぎはやがて、ぴょんととんで、納屋《なや》のうらにかくれてしまいました。

「さあ、ケイティ、みんなをおこそう！」

カールはへやからでて、さけびました。

「おーい、スージー、ルーク、ジョニー、アポローニア！イースターうさぎがきたよ！」

しばらくすると、子《こ》どもたちはみんなきかえて、農場《のうじょう》のにわに出《で》てきました。たまごさがしのはじまりです。

おばあちゃんが、台所《だいどころ》の戸口《とぐち》で、にこにこと子《こ》どもたちをみています。おばあちゃんは、かんがえていました。たまごをいちばんたくさんみつけて、ごほうびをもらうのは、だれだろうね？　ケイティとカールはむりだろうよ、きっと。だってあのふたり、たまごさがしは、これがはじめてだもの。ほかの子《こ》たちなら、イースターにはまい年《とし》、この小《ちい》さな赤《あか》い家《いえ》にきているけどね。

はじめのうち、ケイティとカールは、きれいな色《いろ》のイースターのたまごをさがすなんて、こんなにおもしろいことはない、とおもっていました。でもどういうわけか、いとこたちばかりが、たまごを先《さき》にみつけてしまうのです。

ケイティとカールは、どこをさがしたらいいのかも、さっぱりわかりません。

だって、納屋《なや》の中《なか》の、どうぶつのえさ入《い》れや、水入《みずい》れや、ほし草《くさ》の上《うえ》なんかに、うさぎがたまごをかくすなんて、おもいもしませんから。

にわで、たまごをさがすのは、もっとたいへんでした。きれいな色《いろ》をしたたまごは、色《いろ》とりどりのお花《はな》にそっくりだからです。

でも、カールはやっとのことで、モクレンの枝《えだ》の上《うえ》に、たまごが三《みっ》つ入《はい》った、とりの巣《す》をみつけました。

だからとうとう、たまごをみつけられないのは、ケイティただひとり、ということになってしまいました。

やがて子《こ》どもたちは、台所《だいどころ》でも、たまごさがしをはじめました。

ケイティは、ここならきっと、たまごがみつかるわ、とおもいました。ところがイースターうさぎは、ここでも、ケイティがかんがえつかないような、へんなところ……はしらどけいの中《なか》、クッキーのぬきがたの中《なか》、バターをつくる道具《どうぐ》の下《した》なんかに、たまごをかくしていたのです。

ケイティは、ねずみがワルツをおどるみたいに、くるくると台所《だいどころ》をかけまわりました。

たったひとつでいいから、たまごをみつけたい！

ケイティより小《ちい》さいアポローニアでさえ、ひとつみつけて、さっさとたべはじめているのです。

「やったあ、またみつけた！」

カールが、かいだんの下《した》の、もの入《い》れから出《で》てきて、さけびました。

「ぼくがいちばんだ！」

「ちがうちがう、ぼくだよ」

大《おお》きないとこのルークが、こうちゃのポットから、むらさき色《いろ》のたまごをとりだして、いいました。

「これで五《いつ》つだぞ！」

ケイティは、まだ台所《だいどころ》じゅうを、ぐるぐるかけまわっていましたが、もうどこかへにげだして、かくれてしまいたくなりました。

だってわたしだけ、おばかさんみたいなんだもの。

そのとき、ケイティは、やねうらべやへのぼる、かいだんに気《き》がつきました。

もしかしたらイースターうさぎは、わたしのために、やねうらべやに、たまごをかくしてくれたのかもしれないわ。

ケイティは、かいだんをギシギシと音《おと》を立《た》てて、のぼっていきました。

かいだんの上《うえ》は広《ひろ》いやねうらべやで、うすぐらく、しーんとしていました。ケイティは、おもわず、ぶるっとしました。

しばらくすると、目《め》がなれてきて、へやのすみずみまでみえるようになりました。

おひさまの光《ひかり》が、おびのようにさしこんでいるところで、クモがきぬのような糸《いと》で、せっせと巣《す》をつくっています。むこうのすみの、うすぐらいたなの上《うえ》にあるのは、なにかしら？

どうやら、ぼうしをしまっておく箱《はこ》のようです。ケイティは、ほこりだらけのゆかを、そろそろと歩《ある》いていきました。

イースターうさぎが、こんな古《ふる》いぼうしの箱《はこ》に、たまごをかくすなんてこと、あるかしら？　まさか、そんなことするはずないわ。

でもケイティは、高《たか》いところにのぼって、箱《はこ》のふたをあけてみました。

中《なか》には、なんと、たまごがありました！

古《ふる》いフェルトのぼうしに、たくさんのたまごが、すっぽりとつつまれています。

ケイティは、たまごをそっと、とりだしました。

一《ひと》つ、二《ふた》つ、三《みっ》つ、四《よっ》つ、五《いつ》つ、六《むっ》つ。

どれも、なんてきれいなんでしょう！

それぞれに、絵《え》がかいてあります。

ケイティは、たまごをぼうしにもどすと、だいじにかかえて、ゆっくりと、かいだんをおりていきました。

やっぱり、イースターうさぎは、わたしのことを、わすれていなかったんだわ。これで、いちばんになるのは、ぜったいわたしよ、とケイティはおもいました。

けれども台所《だいどころ》にいくと、カールが、たまごを山《やま》ほどテーブルにならべていました。

カールは、うれしそうにさけんでいます。

「十二《じゅうに》こもみつけたよ。ぼくがいちばんだ、いちばんだ！」

「わたしは、六《むっ》つだけ……」

ケイティは、たまごの入《はい》ったぼうしを、カールのたまごのそばにおきました。

おばあちゃんは、朝《あさ》ごはんのためにテーブルかけを広《ひろ》げようとしていましたが、ケイティのたまごをみると、目《め》をまるくしました。

「おやまあ、このたまごのこと、すっかりわすれてたよ！　ケイティ、よくみつけてきたね。

さてさて、たまごさがしのきょうそうは、だれの勝《か》ちとしようか……。

いちばんたくさんみつけたのはカールだから、もちろんごほうびをあげようね。

それからケイティにも、やっぱりごほうびをあげなくちゃ。いちばんきれいなたまごを、みつけたんだからね」

そういうと、おばあちゃんは、うさぎのかたちをしたクッキーを、ふたりにひとつずつつくれました。たまごをのせてやいた、大《おお》きなクッキーでした。

さあ、つぎは朝《あさ》ごはんです。

子《こ》どもたちは、たまごさがしでみつけた、たまごのからをむいて、たべはじめました。

おばあちゃんは、大《おお》きな水《みず》さしにぎゅうにゅうを入《い》れて、出《だ》してくれました。

ケイティとカールは、うさぎのかたちのクッキーを、いとこたちにもわけてあげました。

すると、小《ちい》さいアポローニアがいいました。

「ケイティがやねうらでみつけたたまごも、たべたいな」

アポローニアは、まだおなかがすいているようです。

「だめ、だめ、だめ、だめ、だめ」

と、おばあちゃんがいいました。

「とんでもない！　まあ、中《なか》はからっぽだけどね」

おばあちゃんはこしをおろして、ケイティのみつけたたまごを、ひざにのせました。

「このたまごはね、おばあちゃんが子《こ》どものころ、じぶんで絵《え》をかいたんだよ。ちょうどこの台所《だいどころ》の、このテーブルでね。あんまりきれいにできたもんだから、しまいこんでいるうちに、なん十年《じゅうねん》もたってしまったのさ。

でももう、みんなにあげようかね。さあ、ひとり、ひとつずつえらんで、だいじにとっておきなさい」

さいしょに、カールがえらびました。かろやかに走《はし》るうまの絵《え》が、かいてあるたまごです。

ケイティは、きれいなとりが、木《き》の枝《えだ》にとまっているのをえらびました。そのたまごを、なんどもぐるっとまわし、きれいな絵《え》を、じっくりとながめました。

スージーとルークとジョニーも、それぞれひとつずつ、えらびました。

古《ふる》いぼうしの中《なか》にのこっているたまごは、あとひとつだけです。

「おや、このたまごには、A《エー》という字《じ》がかいてあるね！　A《エー》はアポローニアのかしら文字《もじ》だよ」

と、おばあちゃんがいいました。

アポローニアは、たまごを手《て》にとりました。

「かわいい！　でもやっぱり、たべてみ

たかったな」

子《こ》どもたちは、まどぎわのながいこしかけの上《うえ》に、もらったたまごを一《いち》れつにならべて、かんがえました。

「それで、このたまご、どうしようか?」

すると、ケイティがいいました。

「なにもしなくていいのよ。こんなにきれいなんだもの、ただながめてるだけで、いいじゃないの」

おばあちゃんは、だまってショールをはおり、台所《だいどころ》から外《そと》へ出《で》ていきました。

やがておばあちゃんは、小《ちい》さな木《き》をもって、もどってきました。そして、テーブルの上《うえ》に、はちをおき、その木《き》をうまく立《た》たせました。

それから、きれいなたまごひとつひとつに糸《いと》をとおし、木《き》の枝《えだ》につるしました。

「わあ、たまごの木《き》ができた！　クリスマスツリーみたい」

と、ケイティがいいました。

「たまご、たまご、たまごの木《き》！」

みんなは、うたいながら、木《き》のまわりでおどりました。

なんともかわいらしい、たまごの木《き》です。

すると、カールが、おどるのをやめていいました。

「おばあちゃん、どうやってたまごに絵《え》をかくのか、おしえてよ。たまごをたくさんつくって、もっと大《おお》きい木《き》にかざろうよ」

「もちろん、いいともさ」

と、おばあちゃんはいいました。

「でも、あしたの朝《あさ》にしようね。きょうは、イースターのおいわいをするんだから」

つぎの朝《あさ》、ケイティたちが台所《だいどころ》にいくと、おばあちゃんはもう、だんろにいくつもおなべをかけていました。たまごを中《なか》に入《い》れて、きれいな色《いろ》にそめるのです。

みんなは、あわてて朝《あさ》ごはんをたべました。色《いろ》をつけたたまごに、どうやって絵《え》をかくのか、早《はや》くおしえてもらいたくて、もうまちきれません。

みんなでつかうには、絵《え》の具《ぐ》がたりないので、

「おとこの子《こ》たちは、じぶんのポケットナイフでひっかきながら、絵《え》をつけるやりかたにしなさい」

と、おばあちゃんはいいました。

それから、おばあちゃんは、たまごにつける絵《え》を、ひとつひとつおもいだしながら、紙《かみ》にかいていきました。

絵《え》にはそれぞれ、なまえがついています。

「明《あ》けの明星《みょうじょう》」「山《やま》のしか」「クークーばと」「ざくろ」「つのぶえふきのおんどり」などでした。

2022

徳間書店の
絵本・児童文学

2月新刊案内

BFC
とびらのむこうに別世界《べっせかい》
徳間書店の児童書
BOOKS FOR CHILDREN

徳間書店の絵本・児童文学の背にはこのマークが入っています。読者のみなさまに、新しい世界との出会いをお約束する目印です。

絵本『トスカのおくりもの』より
Illustration © 1991 Anne Mortim

おばあさんとトラ

12月新刊

冬の森を歩いていたおばあさんが、トラと出会いました。トラがすぐになついてきたので、おばあさんは家に連れて帰ることにしました。トラといっしょの毎日はとても楽しく、ふたりは、町じゅうの人気者になります。ところが…？　オランダで人気の絵本作家ユッテの、楽しくてちょっとほろりとする絵本。

作・絵 ヤン・ユッテ／訳 西村由美／30cm／56ページ／■／定価2200円(税込)

このねこ、うちのねこ!

小さな白いねこが、家が7けんある、小さな村にやってきました。ねこは、それぞれの家でちがう名前をつけてもらい、かわいがってもらうようになりました。ところがある日、どこの家もねこをかわなくてはいけないという法律ができて…？　シンプルなイラストと、ユーモラスな話がマッチした楽しい絵本。

作・絵 ヴァージニア・カール／訳 こだまともこ／19cm／32ページ／■／定価(本体1500円+税)

ねこは まいにち いそがしい

ぼくは、ねこ。毎日とってもいそがしい。うちのかぞくは、ぼくがいないとだめなんだ。朝早くかぞくをおこして、外をみはって、おばあちゃんのあみものや、子どもたちのしゅくだいを手伝ってあげて…。すべてのねこ好きに贈る、読み聞かせにぴったりの絵本！

作・絵 ジョー・ウィリアムソン／訳 いちだいづみ／27cm／32ページ／■／定価(本体1600円+税)

ねこが おおきくなりすぎた

ローマイヤー夫妻は、ある日、とても小さな子ねこをもらってきて「チビ」と名前をつけました。ところがチビは、ぐんぐん、ぐんぐん大きくなって、家からでられないほどに！　いったいどうなる？　ドイツの著名な風刺画家としても知られるトラクスラーによる、とぼけた味わいのナンセンス絵本。

作・絵 ハンス・トラクスラー／訳 杉山香織／31cm／32ページ／■／定価(本体1600円+税)

好評既刊（児童文学）◆小学校低・中学年～　♥小学校中・高学年～　♠十代～

きつねのスケート

大きな湖のほとりにやってきた旅のきつね。森の動物たちに親切にしてもらったのに、やがて「こんな小さな森は退屈だ」と、湖のむこうの大きな森に行きたがるようになります。すると小さなのねずみが、ふしぎなことを言いだして…？　やんちゃなきつねと、ものしずかなのねずみの友情を、人気作家と人気画家が描く、心温まる創作幼年童話。

文 ゆもとかずみ／絵 ほりかわりまこ／A5判／80ページ／◆／定価（本体1600円+税）

ねこ学校のいたずらペーター

黒い子ねこのペーターは、ねこ小学校の1年生。おっちょこちょいで、学校でも失敗ばかり。ねんどのねずみを見て、「おいしそうだなあ」とかみついたり、ミルクの大皿にドボンとつかってしまったり…。でも、ある日町で起きた大事件で、ペーターが大活躍！　オーストリアで80年以上読みつがれてきた、挿絵たっぷりのたのしい幼年童話。

作 アンネリース・ウムラウフ=ラマチュ／絵 アダルベルト・ピルヒ／訳 杉山香織／A5判／128ページ／◆／定価（本体1700円+税）

町にきたヘラジカ

ある冬の日、イバールとワイノが家に帰ってくると、馬小屋から、みょうな鳴き声がしました。それは、おなかをすかせた、かわいそうなヘラジカでした！　町にやってきたヘラジカをめぐって、子どもたちと心優しい大人たちがおりなす、ほのぼのと楽しい物語。1969年に出版され、復刊の希望が高かった一冊です。

作 フィル・ストング／絵 クルト・ヴィーゼ／訳 瀬田貞二／A5判／120ページ／♥／定価（本体1800円+税）

ねこと王さま　しごとをさがす

王さまは、住んでいたお城が燃えてしまったので、友だちのねこといっしょに、町で楽しくくらしています。ところが、くらしていくためのお金が少なくなってきました。そこでふたりは、王さまにぴったりのしごとをさがすことに…？　王さまとかしこいねこの、ゆかいで楽しい物語。大好評『ねこと王さま』の続編です。

作・絵 ニック・シャラット／訳 市田泉／A5判／184ページ／◆／定価1870円（税込）

2月新刊・児童文学

荒野にヒバリをさがして

アンソニー・マゴーワン 作
野口絵美 訳
B6判
160ページ
小学校高学年から
定価1540円（税込）
2月18日頃発売

休みで退屈していたニッキーと兄のケニーは、春先に鳴きはじめるというヒバリを見に、犬のティナを連れて、田舎へハイキングに出かけた。ケニーは特別支援学校に通っていて、弟のニッキーがいつもめんどうをみている。ところが、季節外れの雪がふりはじめ、荒野で道を見失い…？　兄弟、家族の絆をドラマチックに描き2020年にカーネギー賞を受賞した、心ふるえる感動作。

ISBN978-4-19-865430-6

「ねえねえ、おばあちゃん、こんどはたまごに絵《え》をかいて！　『つのぶえふきのおんどり』がいい！」

と、みんなはたのみました。

そこでおばあちゃんは、いさましいおんどりが、つのぶえをふいている絵《え》を、たまごにかいてみせました。

やってみると、どの子《こ》もみんな、じょうずに、たまごに絵《え》をかくことができました。

小《ちい》さいアポローニアも、「明《あ》けの明星《みょうじょう》」がちゃんとかけました。

やがて、テーブルの上《うえ》には、いろいろな絵《え》のついたたまごがならび、お花《はな》ばたけのようになりました。

これだけあれば、もっと大《おお》きなたまごの木《き》がつくれます。

つのぶえふきの　おんどり

「さあ、大《おお》きな木《き》をさがしにいこうよ、早《はや》く！」

と、カールが、おとこの子《こ》たちをさそいました。


カールとルークとジョニーは、森《もり》へ出《で》かけ、わかいシラカバの木《き》をきってきました。

大《おお》きな木《き》なので、テーブルの上《うえ》ではなく、ゆかに立《た》てることにしました。

それから、じぶんで絵《え》をかいたたまごを、みんなで、木《き》にぶらさげました。きれいな色《いろ》にそめただけのたまごも、たくさんかざりました。

スージーとアポローニアは、小《ち》さなかごもいくつか、枝《えだ》にかけました。木《き》の下《した》には、おばあちゃんが、オーブンから出《だ》したばかりの、とても大《おお》きなうさぎのクッキーをおきました。

ケイティは、やねうらべやでみつけたたまごも、みんなかざりました。

おばあちゃんは、木《き》をみあげて、いいました。

「ケイティがこのたまごをみつけてくれたから、こんなにりっぱなたまごの木《き》ができたんだねえ」

ケイティはうれしくなって、じぶんがもらったきれいなとりの絵《え》のたまごを、いちばんてっぺんの枝《えだ》にぶらさげました。

「ほんとにきれいだね！　世界《せかい》じゅうのみんなにみせてあげたいな」

「そうだねえ。うちの中《なか》が、いっぺんに春《はる》になったようなかんじがするよ。もういちど、おいわいをしなくちゃね」

と、おばあちゃんがいいました。


そこでおばあちゃんは、たまごの木《き》をかこんで、パーティをひらくことにしました。となりきんじょの農場《のうじょう》から、子《こ》どもたちをひとりのこらず、よびました。

やってきた子《こ》どもたちは、口《くち》ぐちにいいました。

「わあ、たまごの木《き》だ！　たまごがなってる木《き》なんて、はじめてみたよ！」

家《いえ》にかえると、子《こ》どもたちは、おとうさんやおかあさんに、たまごの木《き》のことをはなしました。

どれどれ、どんなにすばらしい木《き》なのかと、おとうさんやおかあさんたちも、小《ちい》さな赤《あか》い家《いえ》に、ぞろぞろやってきました。

「らい年《ねん》のイースターには、もっと大《おお》きな木《き》をつくろうよ」

ケイティがいうと、

「とってもとっても大《おお》きいのをね」

と、カールもいいました。

つぎの年《とし》、子《こ》どもたちは、イースターよりなんしゅうかんもまえから、たまごの木《き》のじゅんびをはじめました。

今年《ことし》は、てっぺんが、てんじょうにさわりそうなほど、大《おお》きな木《き》をかざりました。

かぞえきれないくらい、たくさんのたまごが、枝《えだ》という枝《えだ》にぶらさがっています。

おひさまの光《ひかり》があたると、色《いろ》とりどりのたまごが、まるでにじのようにかがやきました。

ケイティは、世界《せかい》じゅうの人《ひと》に、このきれいな木《き》をみせてあげたいなあと、ますますつよくおもいました。

そのとき、まどのそばに立《た》っていたおばあちゃんが、いいました。

「あれ、まあ！　おもての道《みち》から、人《ひと》がわんさかやってくるよ。いったいどういうことかね？」

それは、すばらしいたまごの木《き》のうわさをききつけた、村《むら》の人《ひと》たちでした。

たまごの木《き》をみにくる人《ひと》は、どんどん、どんどん、どんどんふえていきました。

きんじょの人《ひと》もいれば、とおくからくる人《ひと》もいます。大《おお》きな町《まち》から、わざわざやってくる人《ひと》もいます。

小《ちい》さな赤《あか》い家《いえ》は、いつのまにか、すっかりゆうめいになってしまいました。

たまごの木《き》をみにきた子《こ》どもたちは、木《き》の下《した》にプレゼントをおいていきました。

おもちゃ、きれいなかご、海《うみ》のむこうの国《くに》からきた、もようつきの木《き》のたまごなどです。

おきゃくさんたちは、いいました。

「たまごの木《き》をみせてくれて、ほんとうにありがとう。かえったら、うちでも、イースターのたまごの木《き》をつくってみますよ」

おばあちゃんは、うれしそうにいいました。

「それは、いいことですね！　イースターのたまごの木《き》は、みなさんの家《いえ》にも、うれしい春《はる》をつれてきてくれますよ。どうぞ、しあわせなイースターを！」

さいごのおきゃくさんたちが、かえってしまうと、小《ちい》さな赤《あか》い家《いえ》は、きゅうにしずかになりました。

子《こ》どもたちは、ゆかにすわって、ツリーの下《した》にならんでいるプレゼントで、あそびました。

それからケイティは、おばあちゃんにだきついて、いいました。

「ああ、おばあちゃん！　ほんとうに、世界《せかい》じゅうの人《ひと》に、わたしたちのたまごの木《き》を、みせてあげられたね」

すると、おばあちゃんはわらいました。

「このよごれたゆかをみれば、だれだって、世界《せかい》じゅうの人《ひと》がきたとおもうだろうよ」

そして、ほうきをとりだし、ゆかのそうじをはじめました。あしたはイースターですから、家《いえ》をきれいにしておかなくてはいけないのです。

ケイティは、外《そと》へとびだし、にわでお花《はな》をつみました。そして、イースターうさぎの朝《あさ》ごはんのために、きれいな花《はな》びらを、しばふにまきました。

イースターうさぎのことは、ぜったいに、わすれるわけにはいきません。だってイースターうさぎは、まい年《とし》、この小《ちい》さな赤《あか》い家《いえ》に、ちゃんときてくれるのですから。

THE END

おわり

訳者《やくしゃ》あとがき

イースターの日《ひ》に、うさぎがたまごをもってきて、にわにかくしていくなんて、かんがえただけで、たのしくなりますね。

イースターは、日本《にほん》では、まだあまり知《し》られていませんが、キリスト教《きょう》では、春《はる》のおとずれをいわう、だいじなおまつりです。

ここで、イースターについて、すこしせつめいしておきましょう。

【イースター】

キリスト教《きょう》で、イエス・キリストが、死後三日目《しごみっかめ》によみがえった

「復活《ふっかつ》」をいわう日《ひ》で、日本《にほん》では「復活祭《ふっかつさい》」ともよばれています。

キリスト教《きょう》では、クリスマスにならぶ、大《おお》きなおまつりです。

イースターの日《ひ》は、「春分《しゅんぶん》の日《ひ》の、すぐあとの満月《まんげつ》の日《ひ》から、いちばんちかい日曜日《にちようび》」ときまっているため、その年《とし》によって日《ひ》にちは変《か》わります。

三月《さんがつ》から四月《しがつ》の、きびしい冬《ふゆ》がおわるころにあたるので、春《はる》のおとずれをよろこぶおまつりにも、なっています。


【イースターのたまご】

キリスト教《きょう》の信者《しんじゃ》のおおい国《くに》ぐにでは、イースターには、たまごに、きれいな絵《え》やもようをつけてかざる習慣《しゅうかん》があります。

もようの種類《しゅるい》や作《つく》りかたは、むかしから代《だい》だい伝《つた》わってきたものがおおく、その土地《とち》によって、いろいろなとくちょうがあります。

たまごをかざるのは、たまごのからをやぶって、新《あたら》しい命《いのち》が生《う》まれることと、キリストが死《し》んだあとに復活《ふっかつ》したことを、重《かさ》ねあわせているためです。

また、たまごは、命《いのち》のシンボルとされているからです。


【イースターのたまごの作《つく》りかた】

ゆでたまごをつかう場合《ばあい》、からに絵《え》をかいて、たのしんだあとに、食《た》べることができます。

このおはなしで、おばあちゃんが子《こ》どものころに作《つく》ったたまごは、生《なま》たまごのなかみを出《だ》してから、つかっています。

なかみを出《だ》すには、まず針《はり》かピンで、生《なま》たまごの上《うえ》に小《ちい》さいあな、下《した》にすこし大《おお》きめのあなをあけます。上《うえ》のあなから息《いき》をふくと、下《した》のあなからなかみが出《で》てきます。

それから、着色料《ちゃくしょくりょう》で、たまごのからをそめます。たまねぎの皮《かわ》や、にんじんの葉《は》などの、自然《しぜん》の材料《ざいりょう》でそめることもできます。

から全体《ぜんたい》に色《いろ》がついたら、水彩絵《すいさいえ》の具《ぐ》やカラーマーカーなどで、もようや絵《え》をかきます。

たまごをそめずに、白《しろ》いままで、もようをつけてもきれいです。

【イースターうさぎ】

イースターには、うさぎがたまごをはこんできて、にわにかくしていく、といわれています。

そこで、イースターの朝《あさ》、にわでたまごさがしをするのが、子《こ》どもたちの大《おお》きなたのしみとなっています。うさぎは、子《こ》どもをたくさん産《う》むので、たまごと同《おな》じように、命《いのち》のシンボルとかんがえられています。

たのしいイースターのようすをえがいたこの本《ほん》は、一九五〇年《ねん》にアメリカで出版《しゅっぱん》され、もっともすぐれた絵本《えほん》にあたえられるコールデコット賞《しょう》を、受賞《じゅしょう》しました。

ずいぶんと古《ふる》い本《ほん》ですが、アメリカでは、たまごにもようをつけるという、伝統的《でんとうてき》なイースターの習慣《しゅうかん》をえがいた作品《さくひん》として、今《いま》も出版《しゅっぱん》され、読《よ》みつがれています。

この本《ほん》が出《で》てから、アメリカの家庭《かてい》でも、学校《がっこう》でも、図書館《としょかん》でも、イースターには、たまごの木《き》を作《つく》るところがおおくなったそうです。日本語版《にほんごばん》では、この古典的《こてんてき》な絵本《えほん》を、日本《にほん》の子《こ》どもたちにも読《よ》みやすいように、幼年童話《ようねんどうわ》にしました。

作者《さくしゃ》のキャサリン・ミルハウス（一八九四〜一九七七）は、ペンシルベニア州《しゅう》のフィラデルフィアに、長《なが》いことくらしました。ミルハウスは、この地方《ちほう》におおく住《す》んでいた、ペンシルベニア・ダッチとよばれる人《ひと》びとの、くらしぶりや芸術品《げいじゅつひん》に共感《きょうかん》をおぼえ、作品《さくひん》の中《なか》にも登場《とうじょう》させています。

一七世紀《じゅうななせいき》から一八世紀《じゅうはっせいき》にかけて、ヨーロッパの、ドイツ語《ご》をつかう地域に住んでいた人たちが、アメリカのペンシルベニア州に移《い》住《じゅう》してきました。ペンシルベニア・ダッチとは、この人《ひと》びとの子《し》孫《そん》のことです。

この本《ほん》が、ペンシルベニア・ダッチの村《むら》の人《ひと》びとの物語《ものがたり》であることは、絵《え》をみるとわかります。

男《おとこ》の子《こ》は、カールのようにつばの広《ひろ》いぼうしをかぶり、女《おんな》の子《こ》は、ケイティのように長《なが》いスカートをはき、頭《あたま》にはボンネットをかぶっています。

また農場《のうじょう》には、十四《じゅうよん》ページの絵《え》のように、外《そと》かべを赤《あか》くぬった大《おお》きな納屋《なや》があるのがとくちょうで、かべにはヘックス・サインとよばれる丸《まる》いもようが、魔《ま》よけとしてかかれています。

この本《ほん》を読《よ》むと、イースターのたまご作《づく》りをやってみたくなりますね。
みなさんも、ぜひチャレンジしてみてください。みんなで、春《はる》のおとずれをたのしみましょう。

福本友美子《ふくもとゆみこ》

【作者】
キャサリン・ミルハウス（Katherine Milhous）

1894年米国ペンシルベニア州生まれの作家、画家。地元のペンシルベニア・ダッチを描いたポスターが、児童文学作家で編集者でもあったアリス・ダルグリーシュの目にとまり、子どもの本の絵をかくようになる。文と絵の両方を手がけた作品も多く、本書で、優れた絵本に与えられるコールデコット賞を受賞する。

【訳者】
福本友美子（ふくもとゆみこ）

公共図書館勤務を経て、児童書の研究、評論、翻訳などで活躍する。訳書に『ないしょのおともだち』（ほるぷ出版）、『としょかんライオン』（岩崎書店）、『子うさぎジャックとひとりぼっちのかかし』『どうして十二支にネコ年はないの？』『ねえ、ほんよんで！』『おばあちゃんのひみつのあくしゅ』『もう、おおきいからなかないよ』（以上徳間書店）など多数。

【イースターの たまごの木】
THE EGG TREE
キャサリン・ミルハウス 作・絵
福本友美子訳 Translation © 2018 Yumiko Fukumoto
64p、22cm、NDC933

イースターの たまごの木
2018年2月28日 初版発行

訳者：福本友美子
装丁：木下容美子
フォーマット：前田浩志・横濱順美

発行人：平野健一
発行所：株式会社 徳間書店
〒141-8202 東京都品川区上大崎3-1-1 目黒セントラルスクエア
Tel.(03)5403-4347(児童書編集) (048)451-5960(販売) 振替 00140-0-44392
印刷：日経印刷株式会社
製本：大口製本印刷株式会社
Published by TOKUMA SHOTEN PUBLISHING CO., LTD., Tokyo, Japan. Printed in Japan.

徳間書店の子どもの本のホームページ http://www.tokuma.jp/kodomonohon/

ISBN978-4-19-864573-1